A r i g a t o u A r i g a t o

川柳句集

ありがとう有り難う

二宮茂男

新葉館出版

序

ゆくりなくも、川柳作家・二宮茂男の句集『ありがとう有り難う』に序を記すことになった。手にした三百余句を精読し、改めてその誠実な人柄に触れ、作品が語る生き方に出逢えた幸運を思う。

私が二宮茂男の名前を初めて知ったのは、平成四年秋の「読売新聞神奈川版・よみうり文芸」であり、選者の眼をとおして、虚飾のない短章に心の広さを感じていた。

これが縁で、同支局が投句者サービスで続けている秋の「読売川柳大会」（第五回大会）で親しく面談する機会を得た。以来を今日まで、数いる神奈川の川柳作家の中で色彩を異にする私にとって、胸襟を開いて語り合える最も身近な川柳作家として、二宮茂男は存在する。

世俗で分かてば、二宮茂男の作品は「伝習」であり、私のそれは戦後の横浜柳壇にあって、中野懐窓、三橋兎猿子、中村冨二の血脈を継ぐ「詩性」であり、表現技法としての距離はあるが、突き詰めれば共に真摯な生活に向かい合う人間として、立ち位置は重なる。

このたびの句集『ありがとう有り難う』は、収めた全作品を「冬の雨」「春日和」「夏景色」「秋遍路」の四章に分けてある。なぜ「春夏秋冬」でないのか、それはこの順序にこそ己の「語り遺したい憶い」が深いからだ。中味に触れれば、一句一句が心を打つ。

「冬の雨」には

胃に米がある幸せがイロハのイ
かぶりつくトマトが熱い敗戦日
トンネルで聞くあれもダメこれもダメ
母さんがいのちを洗うしまい風呂

父の靴磨いて靴に磨かれる

がある。昭和十一年に生まれた茂男は、その少年期を最も激しい戦中で蹂躙された。昭和十二年七月には日中戦争が始まり、これを巻き込んだ太平洋戦争が敗戦で終わる昭和二十年八月は九歳。父親は赤紙で戦地へ赴き、自身は小学二年の昭和十九年に極度の栄養失調で生死をさまよい、戦禍の母親は子供たちを抱えて飢餓の凄惨を舐めた。あの頃の「少国民」は、卒業式で「仰げば尊し」に代って「海ゆかば」の斉唱をした。今では信じられないこの世代の生い立ちは、だから灰色の「冬」から始まっている。天皇の人間宣言、新憲法の公布、戦犯の処刑、焼け跡の青空教室で、子供たちは戦中の教科書に墨を塗って学んだ。

「胃に米がある幸せがイロハのイ」に行き着くことが、母親思いの少年をどれほど慰めたか。征った父親が残した靴から、父親の声が愛しい子供を叱咤する。―この記憶が全ての起点に繋がっている― と句集は語る。作品は平明である故に、知る者の心を打つ。川柳は「暮らしのうた」である。二宮茂男にとって、それ以上でも以下でも無い。

「春日和」には

つじつまを合わせて今日の寺の鐘
一世紀またいで入る子供部屋
つまずいた石としばらく話し込み
飢えた日の記憶へゴロリ塩ムスビ
取りかえる面を選ってる手暗がり

がある。ここでは、まだ冬を引きずりながら、社会人として混迷のなかで死活を模索する男の、格闘を垣間見る。昭和の中期は、急速な経済成長で巷の風景が一変する。東京オリンピック、新幹線の華もあったが、死魚が語る水俣の惨禍、勤務先での大学紛争。この軋轢の渦中で、わが子の成長を見守る父親、茂男の姿が、作品の随所に見える。

書き手として、底の浅い一過性の時事川柳でこれを残すか、未完成でも一行の詩として表現者の憶いを残すか。暮らしの懊悩をつじつま合わせする寺の鐘。それでも次代を拓く子供たちの姿に限りなく夢を描き、挫折しそうな身を石に語りかけ、掌の握り飯に活路を賭ける。

カケラでも、夢が掴めていれば季節は春なのだ。

「夏景色」には

生きざまは見られたくない足の裏
幸せな窓を隣へ開けておく
息継ぎのコツを覚える浮き沈み
明日見えぬ不安も詰める終電車
濁流を流されながら髭を剃り

がある。ひとは誰でも長い一生の中で幾たびか転機がある。二宮茂男の中期は、職場の転勤で、横浜、岐阜、京都、静岡、鳥取、栃木と、暮らしの拠点が幾度も変わった。この過程で川柳に巡り合う。

足の裏に、幾つも乗り越えた己の顔がある。荒波に呑まれながら五体が息継ぎを会得する。終電車の中で断ちきれぬ明日の音を聞く。濁流に呑まれながら闘う独りの髭を剃る。すべてが、自分の道は自分で拓く姿勢につながっている。

「川柳」は、時にその苦衷を乗り越える手だてであってよい。それは文学論などという理屈でなく、己の五体で知る無欲の空間なのだ。バブルの崩壊、地上が病む湾岸戦争、オウムのサリン事件。この中で「たかが川柳」は、常に大切な家族と共に我が身を支えた。

「秋遍路」には

一日が終わり書き足す命綱
かあさんの顔を見たくて目をつむる
一滴の水を欲しがる懺悔録
残り火が揺れる向こうに墓一基

この指にとまって幸せだったかい

がある。ここには晩節に触れる作品が多い。その一句一句に、とりわけ作者の人柄を思わせるものが並ぶ。

私は「句集とは何か」について自問自答する。そして、この一冊に収斂されたものは、紛いもなく二宮茂男の衒いのない「自分史」であることを、律して思う。

「この指にとまって幸せだったかい」これは、縁あって共に歩き続けた妻に語りかける胸のうちの、ひたむきな言葉を、凝縮している。同時にそれは、男が関わった誰にも問いかける心優しい言葉であり、凡百の詩語の及ぶところではない。

川柳を書く目的は、理由は、さまざまでよい。もとより二宮茂男と私とでは、この文学に拘わる生い立ちも哲理も異なるが、あえてこの作家は私に句集の「序」を持ち込んだ。

どうしても書かせて貰いたいことがある。いま二宮茂男は、横浜で詩歌・文学史を統括する外郭団体「横浜文芸懇話会」で、最も頼られる男として幹事を被っている。この「文懇」は、昭和中期に川柳作家の先達、早川右近、西城のぼる、が軸になり他文芸の頂点に呼びかけて発足、後年は鈴木柳太郎がその絆を繋ぎ、川柳の領域を拡げた。二宮茂男は、晩年の柳太郎から熱く乞われて「文懇」に踏み込み、川柳社会の結社や柵に固執せず、啓発にいまも傾けている。

横浜の文学史のなかで、川柳はとりわけ他文芸から信頼が厚い。言伝ては生きている。

二宮茂男は大切な自分史の序を私に持ち込んだ。荷が重いことも僭越も承知している。然し、この『ありがとう有り難う』は、それだけの密度をもって私たちの掌に残ると思う。その機会を与えて戴いた詩性派のひとりとして、共に上梓を喜びたい。

平成二十六年九月

瀬々倉　卓治

川柳句集

ありがとう有り難う

Arigatou Arigatou

目次

川柳句集

ありがとう有り難う

冬の雨

Arigatou Arigatou

愛されるために生まれて来るいのち

頭からずぶ濡れ怖いものがない

熱い血に母の涙と父の汗

胃に米がある幸せがイロハのイ
うなだれた影に聞かれたひとりごと
母さんがいのちを洗うしまい風呂

風の恩知らずひとりで咲いた百合

かぶりつくトマトが熱い敗戦日

合掌で罪深い手が神へ向き

空箱をときに親子で振ってみる

嫌われて開き直った鬼あざみ

キリストへ釈迦へ向き合う昼の闇

釘裂きの穴青春の飾り窓

軍服の遺影へ解けるかき氷

啓蟄の穴から覗く大宇宙

消しゴムが瘦せると太る父の影

こだわりの路地で自分が通せんぼ

この道の明日が見えない信号機

転んだの少し汚れた君が好き
逆上がり出来た一人のあかね空
ジグザグにこころを縫った敗戦日

従順な子で将来が案じられ

素うどんの空どんぶりの底が冷え

素顔より少し臆病素手素足

赤飯もケーキも好きで無信仰

千本の神の手捜す手が二本

禅問答キャッチボールは胸で捕り

底見える怖さ見えない恐ろしさ
太陽とハモるヒマワリ貴賓席
頼りない神が造ったこの右手

大丈夫母がギュ－ッと抱きしめる
団らんはちゃぶ台飢えてはしゃいだ子
地図にない道で出会ったシャイな風

父の靴磨いて靴に磨かれる

トンネルで聞くあれもダメこれもダメ

どか雪を持ち上げてくる蕗の薹

どの路地も元気だったね昭和の子

どんぶりの底で弱者の夢芝居

泣いた日を甘みに変える吊し柿

脱ぎ捨てたＧパンが立つ反抗期

残りもの遠慮してから福が逃げ

花のある次男に絶えぬかすり傷

半眼の猫が読んでる明日の風
反逆の芽が天を突く貴賓席
一粒のタネへ恵みのありったけ

ひび割れの小皿に五つキビ団子
貧民の悲鳴を踏んできた歴史
貧しさの芯のところは国の罪

蓋をしてコトコト煮込む母の味
貧しさの中ではぐくむ思い遣り
右へ行き左へ走り地図ながめ

春日和

Arigatou Arigatou

愛の巣で洗濯物が湿っぽい
朝顔が夢に巻きつき夜が明ける
明日開くつぼみが風を放さない

生き方の違いか冬に咲く桜

一輪の梅を探したあみだくじ

一世紀またいで入る子供部屋

犬掻きで右往左往の悔いの海
芋づるの根が抱えてる手榴弾
飢えた日の記憶へゴロリ塩ムスビ

嘘つけぬじゃが芋がもう煮くずれる

遠景に押し潰される紙芝居

お互いにゴメンナサイを待つクシャミ

家系図の枝に蓑虫ぶら下がり

菓子皿に一つ残ったきれいごと

神棚で人間臭い火が揺れる

合掌で掴んだ風が生臭い
生真面目が自分自身へ顎を出し
嫌われる自分が嫌で蛇脱皮

コンセント抜いて自分と話し込み
今度来る大きな波に乗るつもり
幸せなひとり帰して三次会

尻尾だけそのままにして衣更え

死に下手も生き下手も乗る救急車

自分から逃げて自分の落し穴

尻尾ふる自分の影へ吠えるポチ

巣立つ子に転ぶ美学と立つ勇気

青春の飢えのつづきのそぼろ丼

是々非々の風を呼び込むふかし芋

禅問答カーブは右へ流し打ち

追伸も加えゴメンを書き損ね

つじつまを合わせて今日の寺の鐘

つなげない記憶の隅に靴を脱ぐ

つまずいた石としばらく話し込み

手探りで自分を探す春の霧

手品見る距離で梅一輪の芸

天は地を地は天を見て褒め讃え

デュエットで閉める独りで開けた窓
取りかえる面を選ってる手暗がり
土曜日の夜に子どもが熱を出し

泥棒に娘盗られて祝い酒

ドングリがゴロリ大地の指定席

似て欲しくないとこ似てる子が宝

脱け出せぬ地球で少年の家出
ビタミンで心美人の艶が増し
ファッションのつもり釦の掛け違い

膝を抱く神を野犬が覗き込む

待つ人をどこへ流した通り雨

マンガ読みなれてバイブル斜め読み

三つ指で妻のオカエリナサイマセ
目を見れば分かるよ嘘はつけないね
横顔に自信があって横を向き

夏景色

Arigatou Arigatou

明日見えぬ不安も詰める終電車

ありがとう一つへ百のありがとう

アンコール一人芝居に客一人

言い訳をすると昨日が雨になる

生きざまは見られたくない足の裏

息継ぎのコツを覚える浮き沈み

一日の長さに切ってみる喜劇

今行くと蛇に会いそう花の道

魚だった頃に覚えた立ち泳ぎ

潤む目を見晴台に置き忘れ

絵に描いた餅がふくらむ花むしろ

押しくらまんじゅう背中が寒い核家族

落ち葉踏む後ろ来るのは飢えた熊

鬼よりも怖い笑顔の仏さま

思いやりごっこで二人疲れてる

思い出し笑いを溜める裏鬼門

顔のない父の背中で蝉が泣き

書き足した尻尾と時に笑い合う

過呼吸で君を探している車窓

傘差して妻が待ってる非常口

風向きに合わせ右向け回れ右

肩の荷がもう少し馬鹿になれという
金の世で揉まれもまれた札の皺
カルガモの親子が止める救急車

合掌をして生臭い薬指

脚本を三枚めくる破裂音

今日も晴れ明日も晴れと旅仕度

切れそうな靴紐を変え戦後処理

悔いのある一歩に続く百万歩

ぐい飲みの底の魔球は見ないふり

屑籠をあさる夕陽は落ちてない
首かしげ回る地球の軽い鬱
犬猿の足跡がある秘密基地

言論が自由な国の無言劇

この家もお留守ですかと福の神

子の巣立ちリュック一つに荷をまとめ

転がっているうち石が弾みだし

コンセント抜いて一日無人島

コンニチハ今日の名刺にする笑顔

五円玉握って神とご対面

五十年昔へ飛ばす竹とんぼ

ごった煮の味を深める欠け茶碗

ゴミになる白手袋の懺悔録

ゴミ箱の中から叫ぶ捨てた面

寂しさをもらい輪ゴムがふいに切れ

酸欠の脳裏で止まる風車

3だけが正解かしら1＋2

山頂の神を見上げる牡丹鍋

幸せな窓を隣へ開けておく
しがらみの奥に野菊の小宇宙
自分さえ信じられない鍵の数

シャンシャンと締めてザワザワ舞台裏

重箱の隅へ自分を追い詰める

自立した女に入る墓がない

すいとんが胸につかえるテロ雷雨
数センチ蹴られた石の新天地
相談においでお金はないけれど

その内に風向き変わる死んだふり
その裏があるとは知らぬ裏話
それぞれの風を待ってる愚者賢者

濁流を流されながら髭を剃り
断捨離の自分を拾う影法師
地を這って来た風に聞く明日の道

妻と子が見ているここは譲れない

妻の手の上で転んでかすり傷

手の内を見て笑えない串団子

天を突くドングリの芽の独り勝ち

出直しの切符握って始発駅

ときおりは黒い音符のチンドン屋

飛び上がる度に仮面がずり落ちる
どの面をつけても透けている素顔
ドラマから子が旅に出て戻らない

投げだした仮面が後を追ってくる
なぜ何故に追われ回転ドア回る
涙なら誰にも負けぬ真珠貝

二枚目の舌を抜かれて失語症

人間をたらふく喰った二段腹

ねばっこい輪廻カッコが外れない

乗り換えた七つの駅で買った夢

裸木になった男と立ち飲み屋

早食いの術は飢えてた日のおまけ

パスワード忘れ自分へ帰れない

日めくりを剥がす右手が重くなる

火を溜めた女演ずる葉鶏頭

貧乏を手懐けてきた大きな手
振り向くと目の前にある後ろ指
風呂の栓抜くと妻子が流れ出し

舞台裏まで丸見えの立ち見席

変身も嘘もつけない塩むすび

本棚を支え続けるバカの壁

まあだだよ今日の笑顔の準備中
真っ白い手帳と回る悔いの旅
俎板の朝は笑顔も準備中

皆違ういのちキラキラみんないい

耳栓できれいな音を拾う旅

胸の窓開けっ放しで風邪を引き

飯粒を拾うとぐらり遠い山

燃えた日の風をなだめる訃報欄

戻れない旅で前方春霞

闇に目が慣れても見えぬ非常口
悠久のときの流れで髭を剃る
揺れながら自分を探す弥次郎兵衛

用済みの仮面が後をつけてくる
夜が明けてこの日のための深呼吸
よく笑う鏡に今朝も励まされ

読み違いキリンの長い長い首

ライバルが抜く音のないクラクション

Yシャツの白で深める自分色

忘れたい昨日に肩を叩かれる
私より少し不運な人と酔い
笑ったね泣いたねみんな仲間だね

秋遍路

A r i g a t o u　A r i g a t o u

足跡がたのしい歌をくちずさむ

嵐去りその日その日の旅日記

生きている3・11の小さな輪

生きのびて自問自答の丸木橋

一汁一菜五臓六腑が軽くなる

一日が終わり書き足す命綱

一病と励まし合って日暮れ坂

一滴の水を欲しがる懺悔録

飢えた日の自分と語る盆三日

薄味の味噌汁に浮く五十年

瓜二つ父が大好き大嫌い

笑顔では守り切れない小売店

遠景はどしゃぶり喜寿の花の園
延命はノーサンキューの有り難う
お静かに我が家を覗く福の神

おだやかにむくとリンゴが丸くなる
お守りになってあなたの半歩後
思い出のほかはいらない遺産分け

想い出が騒ぐ訃報の電話口
かあさんの顔を見たくて目をつむる
戒名を彫られた石が生臭い

返せない借りが刻んである位牌

買って吸う空気がうまい乾電池

合掌で明日へ転がる五円玉

来た道の節目へ植える柿の苗
行間に花を咲かせるありがとう
くねくねと一本道の上り下り

健康で食う一丁目一番地

原発のない世へ急ぐカタツムリ

子が去って日々細くなる床柱

ゴキブリを叩く地球の青二才

こぎれいに老いてその後のゲリラ雨

こころから耕していく二毛作

骨壺へもぐる最後の隠し芸

この指にとまって幸せだったかい

コンビニで釣銭を待つ募金箱

五十年添って深めた自分色
サクラ散る寺まで書いた旅日記
幸せのお裾分けですあかね空

幸せにするとだました人と老い

視界ゼロ古い眼鏡に変えてみる

七人で分けても余る母の愛

死に神とジャンケンポンのあいこでしょ

小心のとつ弁武器に喜寿の坂

少年の瞳で老いてテロリスト

少年がナイフで開く非常口

昭和史の永代供養しましょうね

深呼吸一つ腹から喪が明ける

神童が邪魔ではしゃげぬ同期会

自分史の付録を飾る吊し柿

背伸びしてあの世が見える立ち話

自分史の裏表紙からホーホケキョ

先代の笑顔土台にビルが建ち

太陽の子が消え錆びる滑り台

大地震一秒前の笑いの輪
足して2で割れぬ夫婦の自慢の子
だまされた記念に少しユニセフへ

父の面持ち寄る父の七回忌

積み上げたどの日も愛し古手帳

てくてくと越えた昭和の切り通し

天麩羅へ旬の笑顔の三世代

尖る世をコロリコロリと団子虫

届いても届かなくても今朝の経

隣りから見るとわが家もユートピア

止まらないように時計を笑わせる

長生きもほどほどラーメンが伸びる

投げられた匙でいのちの三分粥

何もない日々積み上げて光る富士

逃げながらこっちこっちと煮転がし

二礼二拍神へ転がる五円玉

残り火が揺れる向こうに墓一基

母の日はとても賑やかだったなあ

ひからないように磨いて子は宝

一コマへそっと呼び込む寺の鐘

一つ荷を降ろした肩へ赤トンボ

避難所でまだ探せないいのち綱
日の丸が消えて街灯消えたまま
貧乏を親には感謝子には詫び

風評の裏側を読む吊し柿

古傷へずしんずしんと遠花火

ブログから昭和へ飛ばす竹とんぼ

弁解は無用天からクラクション

頬杖で支える今日のがらんどう

褒め合っておかめひょっとこ若返り

三つ目のくしゃみは妻の深情け

見て聞いて何も語らぬ梅古木

無理いうな俺とあなたの子じゃないか

目の肥えた鏡に何も映らない
目をつむる鬼と薄目の仏さま
もったいないもったいないとゴミの中

病む人といたわり合って四コマ目
ユニセフへ心を寄せる飢えた過去
夭折の子の臍の緒に引きずられ

乱世を犬掻きで越え妻の手へ
余生から余命へ今日の爪を切る
ラーメンがのびる生き様嗤われる

乱丁のままで自分史胸を張り
ワープロへ肉筆で出す要望書
笑ってるうちは止まらぬ夫婦独楽

ありがとう有り難うに寄せて

父は、いつも川柳を考えている。電車の中も、草むしりの時も、メモと鉛筆を離さない。孫たちとも、「夢」を語る。これまで、絵句集「この指にとまって幸せだったかい」他を上梓。この「ありがとう有り難う」は、父がこれまでに書き綴った川柳作品の集大成と言える。一句、一句に、父の人生が詰まっている。願わくば、そのいくつかの句と響きあって頂ければ幸いである。そんな父の半生は「あとがき」の通りだが、常に、苦楽を分かち合った妻・英子が寄り添う。父は昨秋、喜寿を越え、健康第一、夫婦で笑顔。今では、川柳を愉しみながら、六人の孫たちに囲まれ細い目をますます細めて、その成長を見守る。家族を何よりも大切にして、日常生活を疎かにしない。益々、お元気で、更にオンリーワンの一句を追い求め楽しんでいただきたい。

平成二十六年九月吉日

二宮　勇

あとがき

人間の襷を掛けて、悠久の歴史の一瞬を走る。どんな方々に出逢い、どんな日々を送り、どんな句を書くのだろうか。ここに収めた、句の遠景になる、私の、来し方を振り返り「あとがき」とした。父も、母も恵まれた家に生まれながら、それぞれ、アクシデントの連続、苦難の連続だった。加えて、暗い時代背景もあり、私の人生は、厳しい冬から始まった。312句の行間に私の「ありがとうの残像」を読み取っていただけたら幸いです。

〈冬の雨〉私は、二・二六事件の年に生まれた。3歳の9月に第二次世界大戦が勃発。昭和18年に国民学校入学、2年生で、強度の栄養失調からリュウマチ熱、その後遺症で心臓弁膜症。3年生の5月29日午前6時に横浜大空襲、B29が517機、P51が101機、横浜は焼け野原と化した。夏に広島・長崎に原爆投下。8月に敗戦。昭和21年、3年前に出征した父が激戦地から生還。10歳のとき、天皇人間宣言。中1の年に下山事件と三鷹事件。昭和31年に県立K高校卒。全寮制の研修を経て、「Y郵便局」、労組の青年部長へ押し上げられて、連日、国会・首相官邸へ安保阻止デモへ駆り出された。

〈春日和〉25歳の4月に、物を扱う職場から人に関わる職場・Y大学事務局へ転職。これを機に、自分も、C大学通信教育学部で法学を学んだ。昭和38年4月、稲垣英子と結婚。20余年間、町内会の理事。「子ども達を媒体とした街づくり」を推進。昭和40年4月に長女あかね誕生。昭和45年8月に長男・勇が誕生。48歳の4月、父・義雄を送る。9月に長女あかねが加藤良泰と電撃結婚。

〈夏景色〉49歳の4月、新設の「誰でも何時でも何処でも学べるH大学」へ転身。そのご縁で転勤族。横浜から岐阜へ、岐阜から京都へ、京都から三島へ、三島から米子へ、米子から小山へ。平成8年に自宅を新築、翌月に勇が永友美和と結婚。65歳の時に母・はるのを自宅で看取った。日本S医学会には10年もお世話になった。

〈秋遍路〉還暦時から十年余、鎮守の森・神明社の世話人を務め、申し出て、毎週土曜日、境内のボランティア清掃をさせていただいた。暇になるはずのこの時期、62歳から神奈川県川柳協会の事務局、66歳から川柳M誌の編集・発行人、神戸の「世界学術会議」へ、天皇・皇后両陛下のご臨席いただくための用務などで疲れ、人間ドックでレッドカード。セカンドオピニオンで駒沢のT医療センターでS名医に巡り会って今日がある。

前回・平成21年に編んだ句集『川柳作家全集』以降、このたびの句集に収めた312句も、変わらず多くの方々のお力を得ながら残すことができました。その中で、特に横浜の詩性派として戦後から土壌を継ぐ唯一の作家、瀬々倉卓治先生に「よみうり文芸」で巡り逢ったのは幸運でした。私とは、この文芸に嵌る起点も作品も異質ながら、川柳という定型短詩に熱く傾ける姿勢で共有する先人は、つねに「書き手とは何か」という辻説法で親しく接してくださいました。その卓治先生に特に序文を戴き、川柳を自分史として書く身に、同じ目線でのお言葉を知り、心から嬉しく思います。また、平成9年の「オール川柳」時代から、ご縁が続く新葉館の竹田麻衣子さんにも、大変お世話になりました。作品に繋がるひとりひとりの皆様に感謝の心をこめて、厚く御礼申し上げます。

平成二十六年九月吉日

二宮　茂男

【著者略歴】

二 宮 茂 男（にのみや・しげお）

1936年生まれ。川柳路吟社幹事。横浜文芸懇話会幹事。二宮川柳会、白根川柳会講師。著書に「句集 ありがとう」、「川柳絵句集 この指にとまって幸せだったかい」。「川柳作家全集　二宮茂男」等。

ありがとう有り難う

○

平成26年11月20日　初版発行

著　者

二　宮　茂　男

発行人

松　岡　恭　子

発行所

新　葉　館　出　版

大阪市東成区玉津1丁目9-16 4F　〒537-0023

TEL06-4259-3777 FAX06-4259-3888

http://shinyokan.ne.jp/

印刷所

亜細亜印刷株式会社

○

定価はカバーに表示してあります。

ISBN978-4-86044-563-8